*Illustration de couverture :*
*« Le Moine » par Philippe NOEL*
Sculpture en bois taillé à la tronçonneuse

# Le Ravissement
de Frère Andreu

© *2017, Noémie Martinez , Bernadette Truno*
Réalisation: La Méridienne du Monde Rural

Éditeur : Books on Demand GmbH,
12/14 rond-point des Champs Élysées, 75008 Paris, France
Impression : Books on Demand GmbH, Norderstedt, Allemagne

ISBN: 978-2-322-13713-8
Dépôt légal: janvier 2017

*Noémie MARTÍNEZ - Bernadette TRUNO*

# Le Ravissement de Frère Andreu

Association LA MERIDIENNE DU MONDE RURAL
93 rue Jules Ferry - 19110 BORT-LES-ORGUES
www.lameridiennedumonderural.fr

En ce matin de juin 1035, l'aube se lève à peine sur la Seu d'Urgell. Le bourg, tassé autour de la cathédrale Santa Maria, tarde à s'éveiller. Les grosses pluies de la nuit ont bien rafraîchi cette aurore printanière. Les pavés de la place de l'église brillent encore, lavés de la boue des activités quotidiennes, comme cirés par les fortes précipitations nocturnes. Une aura de brume blanche transpire des champs autour de la ville, et un soleil encore timide rosit à l'est : la journée s'annonce lumineuse.

Après la messe de matines, un homme s'éloigne de la ville. C'est l'évêque Ermengol. Il a pris un repas léger de pain noir et de fromage arrosé de cervoise fraîchement tirée. Revêtu d'une ample houppelande dont les pans se soulèvent au rythme de ses pas, il marche vivement en faisant crisser, de son bâton, les pierres du chemin. Son souffle se fige dans l'air frais du matin en nuages éphémères, en harmonie avec la buée qui s'élève des prés.

Où se rend donc, si tôt, le seigneur de la Seu d'Urgell ? Cet homme mince, au regard grave, qui met son intelligence et son imagination en permanence à l'épreuve, ne connaît pas un instant de repos. A sa charge temporelle et spirituelle, déjà lourde pour un homme de son rang, il ajoute la conception et la mise en œuvre de projets ambitieux destinés à promouvoir la gloire de Dieu et le rayonnement de l'Eglise. Il s'est improvisé bâtisseur de cathédrales, urbaniste, architecte, ingénieur et chef de travaux.

Aujourd'hui, il se dirige vers les berges du Sègre. Un chantier l'attend : l'évêque surveille la construction d'un pont qui enjambera le cours d'eau, désenclavera quelques petits hameaux des alentours et rendra la traversée de la Seu d'Urgell plus attractive et moins périlleuse que le passage par l'ancien gué. Il se hâte car le cours d'eau, grossi des pluies de la nuit, va lui permettre de vérifier si ses prévisions pour la largeur et la hauteur pour le pont, sont pertinentes. Au passage, il salue quelques paysans dans les champs. Un berger, tout jeune, conduisant un troupeau de moutons s'incline humblement devant lui. L'évêque s'arrête. De sa dextre, il trace au-dessus de la tête de l'enfant le signe de la bénédiction. Distrait de ses préoccupations de maître d'œuvre par les souvenirs surgis du passé et ravivés par le visage du petit pâtre - quelque chose en ce garçon lui a évoqué le jeune Andreu - il reprend sa marche et se retourne sur sa vie passée.

Il se souvient de ce jour, vingt ans plus tôt où, avec le père abbé, il s'entretenait des travaux à réaliser dans les dépendances du monastère. Ils virent alors s'avancer vers eux une femme, accompagnée d'un petit garçon et escortée par un moine. Il revoit la scène : le père abbé avait interrompu sa phrase et considérait les nouveaux arrivants avec bienveillance. Femme et enfant s'arrêtèrent à distance respectueuse tandis que le moine s'approchait de l'abbé et lui murmurait quelques mots à l'oreille. L'abbé répondit brièvement à voix basse, congédiant le trio qui s'éloigna en direction de l'abbaye. Il les regarda partir avec un mélange de bonté et d'inquiétude dans les yeux. Le père abbé expliqua à l'évêque la cause de la présence de la femme et de l'enfant dans l'enceinte du monastère.

Elle s'appelait Julià et sa famille était apparentée à celle de l'abbé. Elle avait épousé Bernat, un des bergers attachés à l'abbaye. Ce dernier apprêtait les peaux, vélins et parchemins utilisés par les moines copistes du petit scriptorium du monastère. Ils vivaient sur un méchant lopin de terre ingrate qui entourait une maison de pierres sèches accolée à une bergerie deux fois plus longue que le logis ! La famille était nombreuse, une fratrie de six enfants et une grand-mère. Bernat s'occupait d'un troupeau d'une cinquantaine de bêtes secondé par ses trois aînés.

Taiseux et durs à la peine, ces quatre-là houspillaient souvent le jeune Andreu, âgé de sept ans qui se révélait un bien piètre gardien de troupeau. Il inquiétait ses parents par sa fragilité et son peu d'appétit.

L'enfant passait le plus clair de son temps au coin du feu, à dessiner dans la cendre du foyer à l'aide d'une fine baguette de bois. Ses deux jeunes sœurs filaient la laine auprès de lui et veillaient à ce que les flammes soient bien nourries tout en écoutant le petit garçon leur raconter des histoires merveilleuses. Julià avait fait part à l'abbé des sentiments confus que l'enfant éveillait en elle : tendresse et pitié, colère et tristesse.

- *Le Seigneur Dieu lui a voulu la tête dans le ciel* – disait-elle – *Hélas, Il lui a laissé les pieds qui trébuchent au sol.*

L'abbé voyait souvent Andreu quand, avec son père, il venait livrer des peaux. L'abbé partageait l'opinion de Julià mais ne l'en grondait pas moins.

- *Le Seigneur notre père a un dessein pour chacun d'entre nous et pour Andreu, il a, qui sait, prévu un destin religieux. Laisse ton fils auprès de nous, au monastère. Il se plaît beaucoup au scriptorium. Il y sera au chaud et apprendra peut-être à lire et écrire. De toute façon, notre moinillon se rendra plus utile ici que dans les jambes de Bernat.*

Partagée entre son désir de garder son petit auprès d'elle et celui de lui permettre de se réaliser en Dieu, Julià fit part de la proposition de l'abbé à son mari et à sa mère. Bernat, qui aimait beaucoup ce petit garçon si singulier, répugnait à le pousser à vivre une vie de reclus entre les murs des majestueux bâtiments de la cathédrale Santa Maria de la Seu et de son abbaye ! Un compromis fut trouvé : Andreu servirait au monastère pendant un mois, puis reviendrait auprès de ses parents un mois à l'issu duquel il choisirait la voie qu'il souhaitait suivre. Ainsi fut-il décidé !

Ermengol avait aperçu l'enfant pour la première fois le jour où Julià confia son fils à l'abbaye. L'évêque sourit en repensant à l'étonnement des moines confrontés pour la première fois à un petit enfant peu enclin à se contenter d'explications superficielles et à ses « *Pourquoi ?* » ou ses « *Comment ?* ». La curiosité et la précision de ses questions, peu nombreuses mais redoutables dans leur ingénuité, les embarrassèrent souvent.

Andreu passait des heures au scriptorium où il semblait beaucoup se plaire malgré la règle de silence que les copistes étaient trop heureux de lui faire scrupuleusement respecter ! Il y remplissait les encriers, taillait fort adroitement plumes et calames, remplaçait les chandelles mourantes et rechargeait les caleils. Il observait sagement les moines former les lettres calligraphiées avec soin qui noircissaient les pages découpées dans les peaux que son père et ses frères avaient préparées et apportées au monastère.

Un jour par semaine il fut affecté à l'herboristerie où le frère Miquel lui fit lier des bouquets de simples pour les mettre à sécher sous l'appentis ou bien lui fit touiller, longuement, des brouets et autres préparations plus ou moins malodorantes. Pendant ce temps, Miquel procédait au pilage de feuilles et de graines diverses dans un petit mortier de marbre blanc. Lorsque le broyat prenait la consistance d'une pâte, Miquel ajoutait de l'eau et il demandait à Andreu :

- *Petit frère, toi dont la main est sûre et la vue aiguisée, transfère ceci dans cela, et cela dans ceci...*

Et Andreu prenait plaisir à manipuler les divers petits récipients de terre cuite, les petits entonnoirs, les linges fins servant à filtrer les liquides. Frère Miquel se réservait de fermer les contenants avec des bouchons d'argile. Certains étaient sertis à la cire d'abeille, puis le moine entourait leur col d'un fin cordon de cuir auquel pendait une petite bande de parchemin portant le nom du contenu. Il confiait à l'enfant, à voix basse, comme en secret, les propriétés des différents remèdes ainsi conservés et lui révélait leur nom « *latin* ».

Un autre jour de la semaine était consacré à frère Martí, le cellérier de l'abbaye. Avec peu d'entrain, il faut le reconnaître, Andreu devait compter les sacs de blé, les fûts de bière, les tonneaux de pommes, les fromages et autres denrées comestibles dont la vue réjouissait visiblement frère Martí qui ponctuait chaque résultat d'addition d'un sonore :
- *Deo gratias!*

Tous les jours, avant vêpres, il passait une heure avec le père abbé qui commençait à lui enseigner les lettres, surpris et ravi des dispositions dont l'enfant faisait preuve aussi bien pour les déchiffrer que pour les former au charbon de bois sur des pierres plates.

Andreu assistait, dans la chapelle du monastère, aux principaux offices. Il priait en silence, recueilli, le regard fixé sur les vitraux qui transfiguraient la lumière et diffractaient leurs riches couleurs dans la petite nef, égayant ainsi le crâne tonsuré des moines. Le premier soir, il réclama sa mère et ses petites sœurs. Le plus âgé des moines, frère Mathieu dont la cellule jouxtait celle du petit garçon, le réconforta du mieux qu'il put avant de le laisser dormir seul pour la première fois de sa vie. Andreu pleura doucement, pelotonné contre le mur de pierres grises, éprouvant en son cœur l'absence de ses trois aînés, avec qui il dormait habituellement, blottis les uns contre les autres. Il remonta la couverture de laine rêche sur son menton et parvint à s'endormir. Il s'habitua très vite et finit par apprécier l'intimité de sa cellule.

Le mois terminé, Andreu retrouva sa famille. Il s'efforçât de répondre aux questions des siens et de les aider sans trop rêvasser. Mais sa mère le sentait ailleurs, le regard perdu sur un brin d'herbe ou le vol d'une mouche. Le garçonnet reprit sa place au coin du feu et dessinait pour ses sœurs, en les énonçant, quelques lettres de l'alphabet. Il faisait, aussi, émerger de la cendre les formes d'une fleur, d'un oiseau ou de sombres animaux qui ravissaient ou effrayaient les petites. Son père lui demanda de cesser ce jeu qui ne pouvait que troubler l'esprit des fillettes. Les trois aînés ayant satisfait leur curiosité se désintéressèrent de leur petit frère. Très vite, au fond de son cœur, le petit garçon sut qu'il choisirait de revenir à l'abbaye. Son père n'abordait jamais le sujet du retour d'Andreu auprès des moines, mais il le redoutait. Sa grand-mère encourageait son petit-fils à prendre le temps de la réflexion. Le regard affectueux de Julià ne quittait pas le petit visage pâle d'Andreu.

Un soir frileux de la mi-septembre, Bernat envoya Andreu s'assurer de la fermeture de la bergerie. Des loups avaient été signalés sur les berges du Sègre. La nuit tombait tandis qu'Andreu, protégeant son caleil du souffle du vent du soir, se hâtait vers le bâtiment bas et allongé. A l'intérieur de la bergerie, la petite chienne blanche et noire se mit à aboyer. Mais, reconnaissant très vite la voix de l'enfant, ses abois se changèrent en jappements affectueux. Il ouvrit le vantail de bois, caressa la chienne, vit que le troupeau était bien installé pour la nuit. Il ressortit et referma soigneusement la porte de la bergerie. Se retournant pour regagner la maison, il buta contre un obstacle recouvert de laine sombre. Silencieusement, celui-ci recula de deux pas, et l'enfant interloqué distingua, dans la clarté de la lune, la haute silhouette d'un homme, un moine à en croire son habit ! Ce dernier rejeta la capuche de sa coule sur son dos et inclina légèrement la tête sur le côté gauche. Il dit d'une voix grave et vibrante :

- *Enfant, suis-je sur le chemin de Santa Maria de la Seu ?*

Andreu demeura coi, sidéré par l'irruption soudaine de cet être qui n'avait même pas alerté la petite chienne. L'enfant restait saisi, mais ce n'était pas de crainte ! Il se sentait en sécurité ! Il émanait de cet être une telle impression de sérénité et de bonté ! Andreu ne percevait plus l'humidité froide de la nuit. Le visage du moine était jeune et harmonieux. De grands yeux bruns souriaient sous une frange de cheveux clairs et soyeux retombant en boucles sur ses épaules. Il bénit l'enfant et le remercia. En s'éloignant, il lança, joyeusement, au garçonnet cloué sur place :

- *Je suis Daniel. A bientôt Andreu !*

Intrigué, troublé, mais inexplicablement heureux, le petit garçon trottina vers la maison. Il expliqua à sa mère qu'il avait rencontré un moine qui voulait aller à la Seu d'Urgell. Un moine, tout seul, à cette heure-ci : l'enfant avait dû rêver !

- *Les bêtes sont-elles bien à l'abri ?* s'enquit-elle.

- *Je suis sûr qu'elles ne risquent rien pour cette nuit*, affirma le petit, avec sérieux.

Il sourit à sa mère et rentra avec elle.

Quatre jours plus tard Andreu quitta les siens pour le monastère. Au fur et à mesure qu'il se rapprochait de l'abbaye, la douleur sourde qu'il éprouvait à se séparer des siens s'allégeait. Il vit, avec plaisir, se dresser la masse imposante de Santa Maria de la Seu et les murs du monastère dans la clarté du petit matin. Séduit par les lignes sobres et puissantes de la cathédrale, il marqua une pose. L'édifice portait l'élan de la foi vers le ciel et protégeait les hommes vivant dans son ombre.

L'abbé l'accueillit en personne. Très ému, lui-même revivait au travers d'Andreu, la douleur de la séparation. Il le regarda et fut frappé par son aspect d'oisillon fragile, mais tristement comique à cause de sa tignasse drôlement ébouriffée. L'abbé prit la main du jeune garçon. Ils se rendirent d'abord à la lingerie de l'abbaye où le frère intendant remit à Andreu un petit trousseau : une couverture de laine blanche, une grande pièce de lin blanc destinée à recouvrir la paillasse du bat-flanc, une camisole de lin, une petite bure avec son scapulaire et une coule d'un brun terreux. L'abbé sourit à Andreu et lui expliqua qu'il avait fait faire cet habit de moinillon exprès pour lui. L'enfant passa dubitativement la main sur sa tête. L'abbé, ayant surpris ce geste, ne put réprimer un petit rire et dit :

*- Rassure-toi, tu ne passeras pas à la tonsure de sitôt ! Tu n'es pas encore un moine et tu ne le deviendras, peut-être, jamais. A seize ans, l'âge du choix, tu pourras prononcer tes vœux et recevoir la tonsure. En attendant, garde tes cheveux qui te*

*tiendront chaud cet hiver. Prends bien soin de ton trousseau. L'intendant changera ton linge une fois par mois.*

Ils dédaignèrent la salle des bains. L'enfant en connaissait le fonctionnement. Il s'y était familiarisé lors de son mois de découverte et la pièce représentait pour lui le comble du confort et du raffinement. Ils traversèrent le réfectoire, désert à cette heure-ci. Point de silence et de recueillement toutefois. Les cuisines contiguës, sièges d'une intense activité, laissaient filtrer des bruits liquides, des grésillements ou des sons de pièces métalliques s'entrechoquant. Au fond du réfectoire, l'abbé ouvrit la porte voûtée donnant sur le couloir qui desservait les cellules. Il s'arrêta devant la deuxième porte, l'ouvrit et invita l'enfant à entrer. La pièce, de très petite dimension, aux murs nus de pierres grises, contenait en tout et pour tout : un bat-flanc garni d'une mince paillasse de toile de jute et un petit coffre de bois sur lequel était posée une chandelle. Un petit crucifix de bois dominait le bat-flanc. Il n'y avait pas d'autre ouverture sur l'extérieur que la porte donnant sur le couloir. L'abbé répondit à la question muette d'Andreu dont le regard interrogatif se levait vers lui :

- *Les frères et moi pensons que tu seras mieux dans cette cellule que dans celle que tu as précédemment occupée. De plus, le dortoir des novices*

*n'a plus de place disponible et, de toute façon, les moinillons manquent par trop de discipline ! Cette petite cellule est plus exiguë et plus sombre mais, comme la cellule d'à côté, elle est beaucoup plus chaude car adossée aux cuisines. L'hiver sera rude et ta santé est fragile. Le doyen des moines, frère Mathieu, sera ton voisin et veillera sur toi.*
*Tu vas déposer ton trousseau sur la paillasse. Nous allons poser ton baluchon sur le coffre. Tu rangeras tes affaires après vêpres.*

Ils gagnèrent les appartements de l'abbé qui lui décrivit par le menu les tâches qui lui incomberaient. Il rappela à l'enfant comment se répartissaient dans la semaine les activités de la journée. Le petit serait exempté des heures de méditation et d'offices nocturnes mais, chaque jour, l'abbé lui consacrerait une heure avant vêpres pour continuer l'apprentissage de la lecture et de l'écriture. Il lui rappela trois des plus grandes règles : respect des frères et de leur travail, obéissance totale à ses aînés et à l'abbé, silence en dehors des temps de récréation ou de leçons. Les moines bénéficiaient de deux récréations : après le repas de midi et celui du soir. Elles avaient lieu dans le cloître, par tous les temps et quelle que soit la saison. Ils pouvaient alors se détendre dans l'espace découvert et herbagé du cloître. Andreu avait déjà remarqué que les moines les plus âgés préféraient la déambulation aux courses poursuites des plus jeunes et des novices. Puis l'abbé sortit du sac marsupial, caché sous son scapulaire, une petite croix de bois attachée à un lacet. Solennellement, il la passa autour du cou d'Andreu et lui dit :

- *Andreu, te voici novice de notre congrégation. Cette croix, que tu porteras dorénavant sur ton scapulaire et que tu ne quitteras jamais, te rappellera à tes devoirs envers notre communauté et sera la preuve de ton appartenance religieuse. Qu'elle te soit aussi source de réconfort et de piété dans les moments de doute. Frère Andreu, tu vas te rendre au scriptorium où tu aideras les scribes comme tu l'as déjà fait. N'oublie pas la règle du silence. Ne les distrais pas car tu pourrais occasionner du gâchis de parchemin.*

Andreu hocha gravement la tête en signe d'assentiment et se retira lentement.

Dans le couloir, il pressa l'allure. Il croisa le frère cellérier dont la mine renfrognée doucha un peu son enthousiasme. Arrivé devant le scriptorium, il s'arrêta, arrangea la croix sur sa poitrine et passa une main rapide dans ses cheveux ébouriffés par la course, entra en évitant de faire du bruit. Dans la grande salle, les visages des moines se tournèrent vers l'intrus et lui sourirent. Certains hochèrent la tête en guise de salutations. Bien vite, les moines reportèrent leur attention sur leur travail et tous offrirent leur tonsure plus ou moins bien rasée à la vue du petit garçon. La plupart des pupitres étaient disposés sous des ouvertures permettant aux scribes de travailler avec le maximum de confort sans trop fatiguer leur vue. Andreu avait envisagé de s'approprier un pupitre vacant afin de parcourir un ouvrage terminé en attendant de répondre aux besoins des copistes. Il constata que l'un de ces pupitres, habituellement inoccupés, servait de poste de travail à…. un moine ?…. Un novice ?..... En silence, il se faufila et il se trouva bientôt au niveau de…..

- *Frère Daniel !*

Andreu n'avait pu retenir l'exclamation tant sa surprise et son ravissement était grand. Il resta confus d'avoir rompu le silence du scriptorium. Les moines ne manifestèrent pourtant aucun mécontentement. Les bras ballants, la bouche entrouverte, les yeux écarquillés, Andreu ne pouvait détacher son regard du jeune homme qu'il avait rencontré devant la bergerie. Daniel lui souriait, visiblement ravi de l'effet produit par sa présence. Andreu sentit son cœur s'emplir de joie. Il n'aurait su expliquer pourquoi il se sentait léger. L'air, autour de Daniel, semblait vibrer, animé comme en effervescence. Toute la grande salle se trouvait métamorphosée : les scribes redressaient leur dos, éloignaient leur visage de leur parchemin comme s'ils voyaient plus clair, un sourire détendant leurs traits. Ils ne prêtaient aucune attention à Daniel et à Andreu et ne paraissaient nullement gênés de leur présence.

Le petit se sentait enveloppé d'amour. Il avait chaud même si la monumentale cheminée n'abritait que des cendres grises et froides. Cent questions lui vinrent aux lèvres. Aucune n'en sortit, mais Daniel apporta une réponse à toutes ses interrogations. Andreu pensa que Daniel était un moine itinérant dont la mission était d'aider les talents à éclore et qu'il se proposait pour guider le petit garçon dans l'apprentissage de la calligraphie, de l'enluminure et de l'hagiographie religieuse. Andreu sut que ses aspirations les plus secrètes venaient d'être mises à jour. Il en fut bouleversé, heureux et plein de gratitude. Daniel expliqua que les œuvres qu'Andreu serait amené à réaliser dans l'avenir, offriraient la seule forme de reconnaissance agréable à Dieu, à l'abbé, à l'évêque, à ses parents et au reste des hommes. Il ne put se rappeler avoir interrompu son dialogue avec Daniel pour vaquer aux besoins des scribes. Mais il devait l'avoir fait, car tous étaient au travail : nul ne s'était interrompu faute d'encre, de plume ou de chandelle. L'heure de retrouver l'abbé pour sa leçon quotidienne arriva rapidement. Andreu fut surpris que le temps ait passé si vite. Il se rendit auprès de l'abbé sans courir, et se concentra sur sa leçon. L'abbé ne put que remarquer la progression de l'enfant qui reconnaissait toutes les lettres et, mieux encore, les reproduisait avec une maîtrise certaine. L'enfant raconta qu'il s'était entraîné chez lui, au coin du feu, pour ne rien oublier des leçons de l'abbé. Celui-ci le complimenta et le renvoya afin qu'il puisse ranger ses effets dans sa cellule. Lui-même devait se plonger dans ses comptes. Lorsque, avant de quitter les appartements de l'abbé, Andreu demanda s'il pouvait rester auprès de frère Daniel quand il assurerait son service au scriptorium, l'abbé, déjà accaparé par ses écritures comptables, opina distraitement du chef.

Ce jour-là aussi, quand les copistes quittèrent le scriptorium, ils éprouvèrent un inhabituel sentiment de bien-être et de satisfaction. De plus, il se trouva que le travail des moines présentait un état d'avancement et de qualité exceptionnel. L'harmonie qui régna ce jour-là entre les frères huila les rapports et entretint une ambiance de sérénité et de détente. Les novices, parfois un peu rustauds et turbulents, se montrèrent patients et dévoués envers les membres les plus âgés de la communauté. L'air du scriptorium avait-il contaminé l'ensemble de l'abbaye ? Il semblait bien que oui, et ce pour le plus grand bénéfice de chacun.

La première nuit du long « noviciat » d'Andreu fut peuplée de rêves où dansaient les lettres et les images pieuses autour d'un frère Daniel irradiant la lumière divine. Le lendemain matin, Andreu accompagna l'abbé et les moines à Santa Maria de la Seu. En effet, le dimanche matin, les moines se rendaient à la cathédrale pour chanter l'office de onze heures. Cet office jouissait de la présence de tout ce que les vallées de l'Andorre et de la Seu comptaient de nobles, notables et de riches commerçants. Cette messe très courue leur permettait d'être vus et d'afficher leur piété dans l'opulence de leur plus belle tenue. Autre agrément et non des moindres, les moines chantaient les chants grégoriens qui marquaient la progression du rituel jusqu'au temps fort de l'eucharistie. Les moines choristes disposaient d'une galerie surplombant le chœur de la cathédrale. Leurs voix inondaient la grande nef. Les harmoniques de ces chants parfaitement codifiés contribuaient à soulever la ferveur religieuse. Elles aidaient au recueillement et à la solennité de l'office. Les autres messes du dimanche, fréquentées par les petites gens, parmi lesquels la famille d'Andreu, ne bénéficiaient pas de tout ce décorum. La foi des gens du peuple se satisfaisait, semblait-il, de plus d'austérité et de dépouillement.

L'évêque Ermengol présidait la messe de onze heures le plus souvent possible. Il honorait l'abbé en sollicitant sa présence auprès de lui. L'abbé tint à ce qu'Andreu y assiste aussi et se tienne auprès des choristes. Il l'invita à les écouter chanter pour apprendre cette technique vocale.

La première fois qu'Andreu assista à la grand-messe, il observa les fidèles pendant quelque temps et commença à s'ennuyer. Il avait des difficultés à rester debout et sentait le sommeil le gagner, bercé par la monotonie des chants. Frère Jerome, qui indiquait à ses frères le moment d'attaquer les psaumes, eut pitié de lui. Il enjoignit, silencieusement, à l'enfant de s'asseoir, lui permettant d'observer tout en étant caché à la vue de tous par la balustrade de pierre qui bordait la galerie.

Les autres dimanches, mieux préparé à ce qui l'attendait, il s'attacha à scruter l'édifice auprès duquel il avait grandi et qu'il croyait bien connaître. Au fil du temps, il connut tous les coins et recoins de Santa Maria de la Seu. Il s'intéressa alors à l'ornementation de l'église, essentiellement constituée de statues de bois taillées polychromes. Les sculptures qui ornaient les niches et les piliers de la cathédrale prenaient vie sous la lumière colorée des vitraux. Mais cette statuaire et cette iconographie rebutaient l'enfant ! Comment pouvait-on puiser du réconfort sous le regard de ces vierges à l'enfant rigides, sévères, figées. Comment imaginer que cet enfant Jésus pouvait éprouver de l'amour pour les hommes alors qu'il toisait d'un regard si dur les êtres en adoration devant lui. Les artistes torturés, en concevant ces œuvres, ne pensaient-ils qu'à inspirer la crainte, la soumission, la distance ? Pas de trace de compassion dans ces vitraux colorés où des saints hiératiques vous surveillaient sans bienveillance ! Andreu ressentait aussi peu d'empathie pour eux que pour les créatures infernales présentes en abondance, qui ne lui semblaient pas plus insensibles que les élus!

Mascotte de l'abbaye, il jouissait de l'affection un peu brusque des novices et de la tendresse bourrue des moines. Sa bonne humeur, sa gentillesse envers chacun engendrèrent un regain de joie de vivre dans la communauté. Le travail alla plus vite, avec de meilleurs résultats et la prospérité de l'abbaye y gagna. Lui goûtait particulièrement les moments qu'il passait au scriptorium en compagnie de Daniel. Ce dernier travaillait tout en donnant quelques brèves indications à l'enfant. Lorsqu'il enluminait les lettrines d'un psautier, Andreu observait la main fine du moine qui, d'un seul mouvement délié, sans lever la plume du parchemin, nichait toute une scène des évangiles dans la grosse majuscule. La main en l'air, l'enfant reproduisait le geste puis mimait le remplissage des couleurs éclatantes auquel procédait le moine. Andreu s'intéressait au mélange des encres pour obtenir les couleurs que, seul, Daniel arrivait à créer. De temps en temps il allait observer le travail des autres copistes et, doucement, il glissait une suggestion pour achever un dessin, pour choisir et mélanger les couleurs. Il tenait les plumes toujours fraîchement taillées, renouvelait les grosses bougies de cire d'abeille avant qu'elles ne s'éteignent, et maintenant que l'automne s'annonçait, il allumait la grande cheminée en veillant à ce qu'elle reste correctement alimentée.

A la mi-novembre, l'abbé réunit dans ses appartements les membres de la communauté assumant des responsabilités particulières en son sein. Il les consultait régulièrement, individuellement, en fonction des charges qu'ils occupaient pour les informer ou recueillir leurs suggestions. Chaque année, en présence de l'évêque et devant tous les moines réunis, il présentait une sorte de bilan, un état des lieux du monastère avec dépenses et recettes. En fonction de l'état des finances, il soumettait des projets à l'approbation de l'évêque.

Cette rencontre de la mi-novembre, très inhabituelle, intrigua fort les personnes conviées à y assister. En pressant le pas pour se rendre auprès du père abbé, frère Miquel, frère Martí, frère Mathieu et frère Jerome, se jetèrent des regards interrogateurs et eurent du mal à respecter la règle du silence. Que se passait-il ?

L'abbé les accueillit devant un bon feu avec un gobelet de vin chaud aromatisé aux herbes. Il les pria de s'asseoir près de l'âtre car le temps se mettait au froid. Ils dirent une courte prière comme avant chacun des temps de rencontre, puis l'abbé déclara :

*- Je vous ai requis ce jour, non pas pour vous informer de quelques problèmes ou difficultés, mais, eh bien, comment le dire ? Je voudrais votre opinion sur ce qui se passe à l'abbaye... Voilà ! Je ne saurais le formuler différemment, mais je tiens à vous entendre.*

Les quatre moines se jetèrent des regards intrigués, puis se tournèrent vers l'abbé avec beaucoup de perplexité. Un petit silence s'installa, souligné par le bruit du feu crépitant dans la cheminée. Enfin, frère Martí but une gorgée de vin, s'éclaircit la gorge et prit la parole. Il se dit très étonné par la demande du père abbé car tout allait on ne peut mieux. L'approvisionnement et les échanges commerciaux avec les fournisseurs de l'abbaye ou avec sa clientèle avaient permis des bénéfices bien supérieurs aux dépenses : la laine des moutons s'était très bien vendue en dépit de la forte concurrence ; l'abbaye avait reçu la part des récoltes qui lui était due ; l'abondance de fruits et de légumes du verger et du potager avait occupé les novices jusqu'à tard le soir et les frères cuisiniers avaient malaxé, fait cuire et conservé jusqu'à avoir mal aux bras. En résumé, les réserves et resserres étaient pleines. Le monastère ne connaîtrait aucune privation pendant les mois à venir tout en étant assuré de pouvoir venir en aide aux plus démunis.

Pendant que frère Martí s'exprimait, les autres acquiesçaient en opinant du chef. L'abbé le remercia et d'un regard invita frère Miquel à parler. Celui-ci hésita quelques secondes et se lança. Pour aller dans le même sens que frère Martí, il fit part de la situation des plus florissantes que connaissait l'herboristerie : elle semblait en plein essor. Frère Miquel avait vendu beaucoup d'onguents et de potions et la population louait les vertus des préparations du monastère. Cet été, la moisson de simples avait été d'une grande qualité et très fructueuse, l'abbaye disposait de bonnes réserves d'huile d'olive pour les liniments. Toute la communauté respirait la santé, et frère Mathieu, ici présent, en était le meilleur exemple, lui qui était tombé si malade au début de l'été, au point que les moines pensaient qu'il était près de succomber, se trouvait tout à fait rétabli et paraissait avoir retrouvé toute sa vigueur.

L'abbé se tourna vers frère Mathieu qu'il observa avec une telle intensité que le vieux moine se sentit obligé de faire, lui aussi, une déclaration. Il ne pouvait qu'appuyer ses frères. Il ne s'était pas senti aussi bien depuis fort longtemps. Les novices, dont il était responsable, donnaient toute satisfaction. Ils se montraient disciplinés, respectueux, travailleurs et attentionnés les uns envers les autres, et soucieux du bien-être de leurs aînés. Ils accomplissaient leurs tâches avec un empressement joyeux qui se communiquait aux autres frères !

L'abbé se tourna, alors, vers frère Jerome qui arborait un sourire entendu, lui qui d'ordinaire offrait un abord sévère. Frère Jerome était le responsable du scriptorium et menait la chorale. C'était un frère très érudit avec quelque chose d'un peu austère. Pressenti pour assurer les fonctions d'abbé, il avait refusé cette charge en arguant qu'il ne possédait pas les qualités requises pour assumer les fonctions dont avait hérité l'abbé actuel. Quand il prit la parole, il commença par assurer qu'il comprenait, maintenant, pourquoi l'abbé les avait convoqués. Il assura aussi qu'il trouvait la question de l'abbé d'autant plus pertinente, qu'après avoir écouté ses frères, il s'étonnait que personne d'autre ne se la soit posée. Selon lui, la question démontrait que l'abbé savait aller au-delà des apparences. Il affirmait ainsi sa légitimité à diriger la communauté car pour lui, plus que le résultat, c'était la manière de l'atteindre qui comptait.

Comment aucun des frères ne s'était aperçu que tout allait merveilleusement bien au monastère ? Etaient-ils incapables de se réjouir des bienfaits de la providence ? Considéraient-ils que le bien-être et la quiétude dont ils jouissaient depuis quelque temps leur étaient dus ? Il convenait de se réjouir et de rendre grâce à Dieu : sa bénédiction était sur l'abbaye ! Il ajouta que le scriptorium, en plein essor, contribuait aussi à la richesse de l'abbaye : Ils avaient vendu trois psautiers, un très bon prix, à de riches commerçants qui les avaient trouvés magnifiques. Le "bouche à oreille" avait fonctionné et les commandes s'étaient multipliées. Les scribes étaient en train de copier les Confessions de Saint Augustin pour le comte d'Urgel et le scriptorium y mettait beaucoup d'enthousiasme. Les jeunes copistes faisaient preuve d'une grande sûreté de geste. La qualité de la production, couleurs et lisibilité de l'écriture, semblait en voie de concurrencer celle de scriptoria très renommés. Il ne faisait aucun doute que la petite communauté bénéficiait de la grâce divine !

Le père abbé, en silence, regarda chaque moine au fond des yeux et déclara :

- *Je vous remercie tous les quatre d'avoir sincèrement répondu à ma question. Je connais votre dévouement envers la communauté. Les lourdes responsabilités afférentes à vos fonctions mettent en évidence vos dispositions à l'ingéniosité, la rigueur, la persévérance, l'humilité et l'humanité. Sans votre précieux appui et vos avis éclairés, je serais dans l'incapacité d'assumer ma charge. Merci encore, mes frères, vous pouvez, maintenant, retourner à vos occupations. Sauf vous, frère Jerome. Je souhaite vous entretenir en particulier du scriptorium.*

Ayant pris soin de finir leur gobelet de vin, les frères Miquel, Martí et Mathieu quittèrent les appartements de l'abbé.

Frère Jerome sortit les mains des manches de sa coule et les avança vers le feu. Elles présentaient, au niveau de l'index du majeur et du pouce droits, des taches délavées de couleurs diverses. L'abbé arrangea les bûches dans la cheminée. Il resta debout, faisant reporter le poids de son corps d'un pied sur l'autre, se raclant la gorge et ne sachant par quel bout commencer.

*- Je vous sens troublé, mon père. Je pense savoir que vous voulez me parler du jeune Andreu. Quoi que vous ayez à me dire, soyez assuré de ma discrétion.*

Jerome constata que l'abbé se détendait et cherchait seulement à formuler ses pensées de la façon la plus concise et la plus claire possible. Puis, après un sourire de remerciement, il prit une bonne inspiration et se lança :

*- Jerome, votre esprit analytique, encore une fois, force mon admiration. Oui, je pense que l'arrivée de cet enfant si particulier parmi nous a généré de grands bouleversements. Ces bouleversements se traduisent, comme l'ont noté vos autres compagnons, par une prospérité inhabituelle comme n'en a pas connu la communauté depuis sa création.*

Frère Jerome leva les yeux vers l'abbé avec un rien de scepticisme dans le regard. Ce que voyant, l'abbé enchaîna :

*- J'ai vérifié. J'ai demandé audience à Ermengol qui m'a aussitôt ouvert sa bibliothèque. J'ai eu accès aux livres de comptes et, en substance, je peux vous assurer, l'évêque en est enchanté, que c'est la première fois que le monastère est financièrement indépendant depuis sa création. Ce n'est pas cela qui me questionne ; vous l'avez bien compris. Je suis perplexe*

*car Andreu montre des dispositions extraordinaires en parallèle avec un comportement singulier.*

Ayant capté toute l'attention du frère Jerome, l'abbé prit une gorgé de vin et poursuivit :

- *Voilà : cet enfant nous est arrivé illettré et, quatre mois après notre première rencontre, il lit couramment le latin, il écrit et forme les lettres avec la maîtrise d'un vieux scribe et dessine avec une grâce infinie. De plus, il répand autour de lui joie, bonne humeur et prospérité, semble-t-il ! Mais il se réfère sans cesse à un "frère Daniel" qu'il est le seul à voir et à entendre. Je crois que le reste de la communauté n'a rien remarqué. Je le souhaite en tout cas, car nous sommes encore si près de la grande peur de "l'an mille" que je crains la superstition.*

Il y eut un silence entre les deux hommes. L'abbé ajouta simplement :

- *J'en ai terminé. Je vous ai ouvert mon cœur plein d'angoisse car j'ai beaucoup d'affection pour cet être sans défense et pour sa famille qui, vous ne l'ignorez pas, est liée à la mienne. Dites-moi ce que vous pensez de tout cela. Dites-le-moi sans détour et sans souci de me blesser !*

Frère Jerome se départit de l'air de gravité qui ne l'avait pas quitté pendant que s'exprimait le père abbé. Un sourire naissait aux coins de sa bouche :

- *Tout d'abord, je puis vous rassurer en ce qui concerne les copistes. Je pense comme eux qu'Andreu, comme certains enfants solitaires et sensibles, a un ami imaginaire. Rien cependant, en dehors du fait qu'il dit souvent que frère Daniel lui a appris ceci ou confié cela, ne démontre un comportement intriguant, inquiétant ni même curieux chez Andreu. Les copistes sont persuadés, comme moi, que ce petit garçon est inspiré par Dieu. La vie monastique et l'éloignement de sa famille font qu'il a besoin, pour s'adapter, de recréer un environnement affectif plus chaleureux que ce qu'offre la vie d'une communauté religieuse. Laissons-le grandir, observons-le et faisons régulièrement le point sur son évolution au sein de l'abbaye.*

L'abbé acquiesça et avoua à Jerome qu'il s'était ouvert de ses inquiétudes à Ermengol. A peu de choses près, l'évêque avait tenu les mêmes propos que le responsable des copistes. Les deux hommes se séparèrent après avoir convenu de se retrouver toutes les semaines. Ils pourraient ainsi confronter leurs observations de l'enfant et échanger leur point de vue.

Et les jours se succédèrent, rythmés par les temps de prière et les temps de travail.

Andreu se vit confier une tâche de copiste sur les textes des évangiles. Il améliora encore la qualité de sa calligraphie. Il fut d'abord sous la surveillance étroite de frère Jerome, mais il devint très vite autonome. Le petit garçon ne se préoccupa jamais d'être le seul interlocuteur de Daniel ! A aucun moment il ne s'étonna de le rencontrer seulement au scriptorium ! Devant le père abbé, il lui arriva d'évoquer l'enseignement qu'il recevait de ce "moine". Aucun autre moine, hormis frère Jerome ne l'entendit mentionner le nom de Daniel.

L'évêque Ermengol, lors de ses visites au monastère, ne manquait pas de venir dire bonjour au moinillon ; il s'entretenait avec l'enfant des évangiles ou des techniques utilisées par les copistes et les enlumineurs. Il confia plusieurs fois à l'abbé combien il était surpris par l'intelligence et la maturité qu'il rencontrait chez Andreu. Toutefois, et c'était un des plus grands charmes du petit, il conservait toute sa spontanéité et la fraîcheur de l'enfance.

Peu avant Noël, l'enfant accéda au rang d'illustrateur. Son travail, encore un peu naïf, ravissait ses compagnons. Frère Jerome invitait parfois les copistes à interrompre leur ouvrage pour venir observer Andreu ; qu'il soit en train de faire naître une multitude d'oiseaux dans les fines frondaisons de l'arbre d'une lettrine ou qu'il dresse la table des noces de Cana sur une pleine page de parchemin, les moines ébahis, poussaient des « *Oh !* » et des « *Ah !* » pleins d'admiration et d'affection. Lui, semblait ne pas percevoir leur présence, tout absorbé qu'il était par la progression de l'illustration. Lorsque, enfin, il levait le nez de sa page et les voyait impressionnés par la beauté du dessin, il disait, rouge de confusion :

*- Cela n'est pas tout à fait ce que cela devrait être.*

Pour fêter la nativité, le monastère ouvrit ses portes aux profanes. Les habitants des vallées d'Andorre et des alentours de la Seu d'Urgell purent ainsi admirer les bâtiments monastiques, se promener dans le cloître et rencontrer les novices qui étaient chargés de les accueillir. La règle du silence fut levée pour ce jour-là. Une grande messe réunit les notables et les petites gens à l'issue de laquelle chacun rentra chez soi avec un peu de chaleur au cœur pour affronter les rigueurs de l'hiver. Toutes les familles avaient préparé des plats plus élaborés que ceux du quotidien. Les pauvres furent conviés à prendre un bon repas chaud au réfectoire. Les moines les servirent et se mêlèrent à eux. Il leur fut remis, en sus, quelques provisions de première nécessité prises sur les réserves de l'abbaye.

Le soir, la famille d'Andreu fut invitée à la table du père abbé où ils partagèrent le repas avec les frères Martí, Jerome, Mathieu et Miquel. Andreu rayonnait, entouré de sa mère et de sa grand-mère. Ses trois frères, bien qu'intimidés, firent grand honneur à la cuisine de l'abbaye. Ses petites sœurs, sagement assises en face de lui, le dévoraient des yeux et souriaient à chacun des mots qu'il prononçait. Andreu l'ignorait alors, mais deux des membres chéris de sa famille allaient, bientôt, disparaître tragiquement. Bernat, d'un naturel taciturne, ravi de revoir son fils qu'il trouvait grandi et en bonne santé, prit part aux agapes et répondit de bonne grâce aux questions que les religieux lui posèrent sur son travail. S'il fut surpris de voir son fils tenu en telle estime par les religieux, il n'en laissa rien paraître. Mais, lorsque l'heure de se séparer fut venue, il s'accroupit devant son garçon, caressa ses joues encore rondes et douces de l'enfance et lui chuchota à l'oreille :

- *Andreu, es-tu heureux ?*

L'enfant passa ses bras autour du cou de son père et, blotti contre lui, il murmura :

- *Oui, Père ! Vous me manquez, mais je me sens si bien ici ! Là est ma place.*

La famille fit ses adieux aux moines et à l'enfant. Elle s'en retourna le cœur plein d'une tristesse mêlée de fierté. Ce fut pour l'enfant une journée de joie que la séparation ne parvint pas à assombrir, car il avait l'assurance de retrouver frère Daniel le lendemain.

L'hiver, qui avait tant tardé cette année-là, s'installa le lendemain de Noël. Il vint sans prévenir planter ses griffes dans le corps des hommes, les fouaillant de sa bise glacée, rendant tout labeur à l'air libre éprouvant et dangereux. Les cours d'eau gelèrent. Les congères de neige isolèrent les habitants. Beaucoup d'animaux périrent de froid, perdus dans le blizzard, ou de faim quand les réserves de fourrages furent épuisées : il fallut abattre les agneaux car les brebis n'avaient plus de lait. Le monastère fut très sollicité et put aider, grâce à ses réserves, les pauvres qui parvenaient jusqu'à ses portes. Le mal de poitrine frappa la population. Il s'empara des plus faibles : enfants et vieillards, et laissa les plus vigoureux épuisés et diminués. La grand-mère d'André et sa petite sœur Lucia succombèrent à la maladie sans avoir ni le temps ni la force de lutter. Martha en réchappa de peu car Bernat brava le vent et la neige pour solliciter l'aide et les remèdes de frère Miquel.

Le père abbé eut pour triste mission d'informer le jeune garçon des deux décès qui venaient d'endeuiller sa famille. L'épreuve parut insupportable à l'enfant, d'autant qu'il ne serait procédé aux obsèques que lorsque la terre gelée le permettrait. Les frères, les novices, tous enveloppèrent l'enfant dans un réseau de tendresse et d'affection. Tous respectèrent les grosses larmes qui s'échappaient de ses yeux sans qu'il puisse les retenir. Nombre d'entre eux effleurèrent doucement sa tête ployant sous le chagrin. Frère Mathieu, son voisin de cellule, l'entendit parler à plusieurs reprises, et parfois sangloter. Inexplicablement, il n'osa jamais se rendre auprès de l'enfant. Il affirma au père abbé qu'une douce lumière dorée filtrait des interstices de la porte de la cellule d'Andreu, ces nuits-là, et l'enfant finissait par se calmer et sûrement par s'endormir.

L'amour dont l'enfant se sentait entouré lui apporta un grand réconfort. Mais, plus que tout, c'est la présence de Daniel qui lui permit de ne pas sombrer dans la mélancolie. Lorsqu'à la nuit tombée le froid révélait aux hommes leur faiblesse, à l'heure où les plus forts basculaient dans la peur et le doute, Daniel paraissait près de l'enfant en pleurs. La flamme falote de la petite chandelle semblait, alors, prendre son élan jusqu'aux angles de la cellule. Elle s'irisait de rose, d'ambre et brûlait haute et claire, caressant l'enfant comme de grandes ailes de duvet. Il se lovait contre le moine mystérieux et s'endormait en imaginant sa petite sœur et sa grand-mère dans la splendeur de la présence de Dieu ; il croyait les entendre lui dire de cesser de s'affliger et, au contraire, de se réjouir d'œuvrer à embellir le monde.

Le chagrin du petit garçon s'émoussa au fil des jours, et sa foi s'affermit. Daniel lui avait fait comprendre que les êtres aimés, que Dieu rappelait à lui, continuaient de vivre en nos cœurs après avoir quitté ce monde. Plus nous gardons en mémoire le souvenir des moments heureux que nous avons vécus avec eux, et moins ils perdent de leur substance. Ils continuent de nous accompagner, de veiller sur nous, d'éclairer nos choix et de transmettre leurs talents de génération en génération.

L'hiver de la douleur perdit peu à peu de sa virulence. La vie retranchée au fond des vallées, cachée dans les maisons de pierres sèches, engourdie dans la terre, se remit à circuler dans les artères des hommes et celles des villes. Les cours d'eau dégelèrent et reprirent leur cheminement en murmurant dans les prés.

Les congères fondirent et les gens se rendirent visite, se réconfortèrent, comptèrent leurs morts et purent les pleurer en les ensevelissant. Le printemps reverdit les champs, refleurit les arbres qui s'enchantèrent du gazouillis des oiseaux. La brise embauma et se réchauffa. Et l'été fut là !

Au monastère, aussi, l'activité retrouva de l'énergie. Les moines, s'ils n'avaient souffert du froid ou de la pénurie de nourriture, avaient eu leur lot de deuil dans leur entourage familial. La compassion et le soutien mutuel leur permirent de traverser la noirceur de ce cruel hiver. Ils accueillirent le printemps avec un regain d'espoir et l'été avec beaucoup d'entrain.

Au scriptorium, les choses avaient considérablement évolué. Andreu, âgé de huit ans, devint l'illustrateur et l'enlumineur attitré de l'abbaye. Il n'y eut ni réattribution de charge, ni déclaration de principe. Petit à petit l'évidence s'imposait et sa position se vit tacitement établie. Son prodigieux talent s'affina sous la tutelle bienveillante des copistes. Puis, le jeune garçon laissa ses dons s'exprimer. Encouragé par Daniel, il osa s'éloigner des modèles et normes tacites en vigueur à cette époque-là. Il puisa dans son imaginaire mais, plus que tout, il nourrit son trait de ses émotions, ses peines, ses joies, sa tendresse, son innocence !

Frère Jerome s'émerveillait de la vibration, de la beauté ou de la mélancolie qui coulait de la plume d'Andreu. En gardant un graphisme encore stylisé, Andreu excellait à donner aux anges qu'il faisait voleter dans les lettrines, des visages fins et tendres d'une délicieuse facture. La puissance d'évocation de son trait de plume, renforcée par l'utilisation des couleurs, était telle qu'une impression de mouvement hypnotisait l'observateur. Pour le jeune garçon, tout ce qui appartenait à la sphère céleste prenait des teintes riches, chaudes, lumineuses en camaïeux ; tout ce qui procédait de l'enfer se couvrait de teintes froides, dures, sombres et contrastées. Des scènes, d'une minutie et d'une poésie saisissante, se déroulaient dans un espace aussi petit que l'ongle d'un pouce. Le lecteur pouvait passer plusieurs minutes dans la contemplation de ces illustrations pour en comprendre toute la complexité en s'émerveillant de la précision des détails.

Loin de rendre les autres copistes amers et jaloux du talent de ce petit paysan, ses progrès suscitèrent une saine émulation : tous eurent à cœur d'améliorer leur travail de telle sorte qu'il soit digne des réalisations d'Andreu. En peu de temps, l'abbaye acquit une grande notoriété dans la chrétienté pour la beauté et la qualité des œuvres qu'elle produisait. Le père abbé dut refuser des commandes et déploya des trésors de diplomatie pour éviter que des oisifs curieux ne viennent observer les copistes au travail. Il va sans dire que l'âge de l'artiste enlumineur fut soigneusement tenu caché.

A la fin de l'été, un soir de douceur étoilée, Daniel se glissa dans la cellule d'Andreu, déjà au bord de l'endormissement. Dans la petite pièce austère, le halo de lumière ambrée précédant le jeune homme, palpita et nimba l'enfant qui émergeait du demi-sommeil. Andreu fit une petite place sur le bord de la paillasse pour que son ami puisse s'asseoir. Il sourit, attendant que Daniel lui révèle le motif de cette visite.
L'enfant écouta la voix chaude et rassurante du jeune homme lui déclarer que sa tâche auprès de lui était, maintenant, achevée. Il devait retourner auprès des siens, où d'autres missions lui seraient confiées, mais, même de loin, il veillerait sur le petit garçon.
Il lui promit qu'il viendrait un soir, auprès de lui pour annoncer une grande nouvelle. Entre rêve et éveil, Andreu prit la main de Daniel dans la sienne et s'enfonça dans le sommeil tandis que celle du jeune homme quitta la sienne comme un duvet dans la brise.
Le lendemain, le garçon gagna le scriptorium. En entrant il eut un regard pour le pupitre de Daniel,

désormais vacant. Il esquissa un sourire et se mit au travail comme ses compagnons. Il n'évoqua plus jamais, avec qui que ce soit, le nom de Daniel !

Et le temps fila sa trame. Et Andreu eut seize ans : l'âge du choix pour les novices. Il prononça ses vœux avec la gravité requise pour celui qui entend consacrer sa vie à Dieu et renoncer aux plaisirs des hommes. De haute taille, mince et déjà légèrement voûté, il posait sur tout ce qui l'entourait, un regard rêveur mais affûté. Respecté et aimé par tous au sein du monastère, il appréciait cette existence laborieuse où il pouvait laisser parler ses rêves et ses visions.

L'abbaye devenue prospère, et jouissant d'un immense rayonnement spirituel, bénéficiait de la protection de l'évêque. Le père abbé s'était vu contraint d'agrandir les bâtiments, pour abriter les nouveaux novices, et avait ouvert une hostellerie pour accueillir le flot de visiteurs qui désiraient consulter les ouvrages exécutés par les copistes et passer leurs commandes.

Le scriptorium avait doublé de volume suivant les plans de l'évêque Ermengol : il jouissait ainsi d'une belle luminosité qui économisait la vue des scribes. Mais l'abbaye veillait, aussi, à secourir et aider les plus démunis en les faisant profiter de sa richesse : en cela, elle s'était acquis le cœur du peuple. Les vallées de l'Andorre et la Seu d'Urgell baignaient dans la paix et le calme alors que le reste du monde s'agitait.

Un matin, le père abbé fit venir Andreu dans ses appartements. Après qu'il eut frappé à la porte, la voix de l'abbé l'invita à entrer. Le jeune homme, surpris, se trouva en présence de l'évêque Ermengol qui consultait des documents auprès du père prieur. Il salua les deux hommes et attendit respectueusement qu'ils prennent la parole. L'évêque, jetant un dernier coup d'œil à ses parchemins, sourit au jeune moine et, prenant l'abbé à témoin, il informa Andreu qu'ils souhaitaient lui faire faire une sorte de voyage d'étude. Ils projetaient de lui faire visiter les monastères jalonnant la route allant des vals d'Andorre jusqu'au comté de Toulouse. Il parachèverait ainsi sa formation et échangerait avec d'autres moines copistes sur les œuvres et les techniques, les mélanges des couleurs, de fabrication des encres….. Pour Andreu qui n'avait jamais quitté la Seu d'Urgell, et qui n'avait jamais envisagé de le faire, ce fut un choc. Mais, très vite, il entrevit le parti qu'il tirerait d'un tel périple. Il s'inclina devant les deux hommes, et demanda des explications sur les modalités, la durée et l'itinéraire du voyage.

Les préparatifs diligentés par l'évêque, allèrent

bon train. Des messages s'échangèrent traversant et retraversant les Pyrénées. Et un matin de mai, un petit cortège comportant un lourd chariot tiré par quatre chevaux et escorté de quatre hommes d'armes, s'ébranla et quitta la Seu d'Urgell en direction de Sant Julià de Loria, première étape du périple. Andreu, peu habitué à l'exercice physique, voyagea dans le chariot pour se soustraire à la fatigue de la route. Frère Jerome l'accompagna sur une bonne partie de trajet, jusqu'à l'abbaye de Saint Volusien, sur les terres du Comté de Foix, car l'abbé le mandatait pour représenter l'abbaye au sein d'un collège de moines réfléchissant aux règles de leur ordre.

Les hommes d'armes de la garde du comte d'Urgell les escortèrent jusqu'aux limites du Comté de Foix. Andreu subit le voyage plus qu'il ne l'apprécia ; l'inconfort du chariot, les cahots de la route le fatiguèrent beaucoup. Il eut du mal à trouver du repos lors des arrêts dans les maisons religieuses où ils furent hébergés. La présence de frère Jerome parvint, toutefois, à le distraire et la rencontre avec d'autres religieux artistes fut, le plus souvent, enrichissante. Andreu se mit à redouter le moment où il devrait se séparer de frère Jerome après Foix. Il serait alors contraint de voyager seul dans le chariot avec, pour seule compagnie, les hommes d'armes du Comte de

Foix qui prendraient le relais des hommes du comte d'Urgell.

Jerome commença de s'inquiéter sérieusement de l'état d'épuisement du jeune homme. Lorsqu'ils arrivèrent à Foix, deux mois après leur départ de la Seu d'Urgell, Jerome adressa un message alarmiste à l'abbé et à l'évêque, les priant d'abréger le voyage. La réponse arriva promptement trois jours après : Jerome avait carte blanche pour épargner le jeune copiste et le ramener sain et sauf à la Seu d'Urgell.

Le moine herboriste de l'abbaye de Saint Volusien se rendit auprès d'Andreu et le consulta longuement. Il s'effraya de l'état du jeune moine. Maigre, le souffle court, le cœur battant de façon désordonnée dans sa frêle poitrine, Andreu avait du mal à répondre aux questions du soignant. Ses fines paupières bleutées à demi closes, enchâssant ses yeux cernés de noir, Andreu avait demandé à recevoir les derniers sacrements. En outre, ayant repéré les œdèmes qui déformaient les chevilles et la taille du malade, l'herboriste acquiesça. Frère Jerome, éperdu de chagrin, demanda à l'abbé de Saint Volusien d'officier, il l'assista en retenant ses larmes.

La petite cérémonie sembla apaiser le jeune

homme. Grâce aux potions que lui administra l'herboriste, sa respiration devint plus facile et il parvint à s'endormir pendant quelques heures précieuses. Jerome le veilla toute la nuit. Au petit matin, il se rendit à la chapelle, le laissant à la garde du moine soignant. A son retour, l'herboriste confirma l'amélioration. Il le prévint, cependant, que le jeune copiste avait besoin d'un long repos avant de pouvoir reprendre la route en courtes étapes. Il eut l'honnêteté de l'avertir que cette amélioration serait, probablement, provisoire et, qu'à son avis, l'espérance de vie du jeune moine serait brève.

Andreu fut installé dans le petit appartement que l'abbé de Saint Volusien réservait à ses visiteurs de marque. Situé au deuxième étage du corps de logis, ses fenêtres offraient une vue bucolique sur la campagne environnante parcourue par le cours impétueux de l'Ariège. Calé en position demi-assise, sur une paillasse confortable, les pieds légèrement surélevés par un coussin, le jeune moine alterna les périodes de somnolence, de prières et de visites que lui rendaient les moines, désireux de le consulter en matière d'iconographie religieuse. Pendant que frère Jerome disputait des points de la règle monastique avec des représentants des grands monastères, frère Andreu rencontra ses alter ego et parmi eux, il se lia d'amitié avec un moine de Liébana qui entreprenait d'illustrer l'Apocalypse de Jean. Les esquisses montrées à Andreu, selon la tradition en vigueur, révélaient un long travail servi par un graphisme d'une grande qualité. De l'inspiration du moine émergeaient les scènes qu'il avait choisi de mettre en images avec une grande minutie dans les détails. Les couleurs, malgré tout, lui semblèrent un peu ternes : elles lui parurent éteintes. Très vite, lui vint l'envie de réaliser, lui-même, une œuvre sur ce thème. Il en fit part à son ami de Liébana qui trouva l'idée fort stimulante. Ils en parlèrent des heures durant et se promirent de correspondre pour se soutenir.

Le repos profita à Andreu, mais il est plus juste de penser que l'impatience de se mettre à l'œuvre au sein de sa chère abbaye rendit au jeune homme suffisamment de vigueur pour se mettre en route. Toujours accompagné par Jerome, en avançant par petites étapes, les deux moines reprirent le chemin de la Seu d'Urgell. Andreu, présenta son projet à son compagnon. Celui-ci, bien que séduit par l'ambitieux dessein, ne pouvait que craindre l'épuisement qui risquait d'entraver l'élan du garçon. Néanmoins, il s'abstint de lui communiquer ses inquiétudes ; il réserverait cela pour l'abbé.

Six mois après son départ plein de promesses, Andreu repassa sous le grand porche du monastère. Il poussa un soupir de soulagement puis, contraint par la fatigue d'obéir à l'évêque qui était venu l'accueillir, il observa quelques jours de repos au cours desquels il exposa à ses supérieurs son souhait de mettre en chantier ce qui serait la plus belle expression de sa foi. L'abbé et l'évêque y consentirent avec joie. Ils savaient, que les jours d'Andreu touchaient à leur fin : du jeune homme fragile et voûté qui était parti hors les murs, il ne restait plus qu'une enveloppe si peu charnelle, diaphane et presque désincarnée. Le peu de vie qui l'animait paraissait s'être réfugiée dans les mains et dans les yeux immenses. Frère Jerome intercéda en sa faveur, arguant que le monastère lui était redevable de sa prospérité, et que la volonté de Dieu œuvrait en ce petit moine.

L'abbé le fit installer dans ses appartements, chauffés, bien exposés à la lumière. Il fut exempté de toute autre tâche, et disposa d'un novice destiné à l'aider pour préparer les encres, couleurs, vélins et plumes. Andreu se mit à l'œuvre. Il n'exigea qu'une seule autre chose : personne ne devait voir son travail avant qu'il ne soit achevé. Cela lui fut accordé. Il commença par retranscrire le texte de Jean : son écriture élégante, régulière, disposa les vieux versets en lettres noires et brillantes sur le plus beau des vélins d'un blanc crémeux. A Noël, il acheva le travail d'écriture, s'accorda, à regret, deux jours de repos. Il eut la joie de recevoir la visite de sa mère et de Martha. Bernat, malade, ne put se déplacer et dut rester sous la garde du mari de Martha, chez qui ils vivaient désormais. Ses frères, au service de l'évêque, participant à la construction d'un édifice religieux, n'avaient pu se rendre disponibles. Les deux femmes eurent beaucoup de peine à réprimer leurs larmes devant l'état de faiblesse du jeune moine. Mais tous trois partagèrent un grand bonheur à se retrouver et à s'étreindre.

Sitôt Noël passé, Andreu entreprit d'enluminer les lettrines. Il choisit d'y rendre hommage à la beauté de la nature. Il enroula, en fines arabesques, les lys et les roses, les jacinthes et volubilis. Il fit surgir les délicates fleurs des champs des buissons de feuillage dans lesquels on entrevoyait l'œil tendre d'une daine, le museau malicieux d'un chaton, la queue rousse d'un écureuil. Des angelots empruntant les traits de la petite Lucia y jouaient de la lyre ou de la musette...Tout un bestiaire et une flore aux teintes vives, palpitantes, habitaient ces majuscules, contrastant avec leur gravité, leur rigueur, leur sobriété. En soi, ce simple travail d'une sublime élégance, rendait l'œuvre digne d'un prince, d'un roi !

A la chandeleur, le travail d'enluminure des lettrines fut terminé. Andreu ralentit le rythme de son travail en abordant celui de l'iconographie pure pour mieux se concentrer sur le cœur de l'œuvre. Il puisa dans ses dernières forces pour donner à sa plume la puissance, la majesté et la magnificence que requerrait le sujet. Avec une ferveur revivifiée, il se mit à dessiner à grands traits sur de pleines pages. Et dans une explosion de couleurs, de lumières, d'or et d'argent apparurent les scènes décrites par Jean de Patmos dans le livre des révélations ! Les anges messagers arboraient des visages d'une beauté terrible et éblouissante, leur bouche clamait la volonté de Dieu avec des voix de tonnerre, les trompettes éclataient assourdissantes, étincelantes. Les ailes gigantesques bruissaient, froufroutaient dans leur blancheur immaculée ou leurs doux tons de tourterelle.
Et le trône de l'Agneau irradiait de mille éclats.
Et, dans le ciel d'une aube sombre, parut la femme enceinte vêtue de soleil et de lune.
Et la bête rampant hors de l'abîme lui donna la chasse.
Et la bête à sept têtes et dix cornes surgit alors de l'océan.
Et les sept sceaux furent rompus.

Et, d'une sombre nuée, jaillirent quatre cavaliers semant famine, pestilence, guerre et trépas.
Et la bataille fit rage sous la direction des archanges ou des anges déchus.
Et Satan fut vaincu et lié pour mille ans.
Et eut lieu le jugement dernier.
Et, enfin, la nouvelle Jérusalem se dévoila aux yeux des justes.

    Les pages semblaient animées de bruit et de fureur ; les couleurs chantaient, se fondaient, se heurtaient se repoussaient ; les bleus devenaient velours, satins, soies dans un dégradé du plus pâle au bleu sombre de la nuit ; les rouges hurlaient ou psalmodiaient du vermeil au cramoisi, du sang au rose tendre. Les jaunes riaient, irradiant l'or et l'ambre……
Les légions du mal se drapaient de noirceur, de grisaille terne et de poussière soufrée en murmurant et chuchotant aux oreilles des hommes. L'humanité grouillait hurlant sa peur, son désespoir ; les visages se tendaient avec des yeux hallucinés suant la haine ou pleurant l'amour. Les archanges et les chérubins lançaient des éclairs inouïs, frappant les cuirasses sombres des anges déchus. Satan tombait, terrassé par la gloire divine, dépossédé de toute force, son beau visage corrompu cherchant vainement la Présence de Dieu ! La nouvelle Jérusalem, dressait ses murailles de

cristal où mille fenêtres s'ouvraient dans l'aube dorée. Les flèches de ses édifices atteignaient les nuages. Ses arches aériennes reliaient les hommes, les nations et vibraient à la gloire de Dieu.

Le soir de Pâques, Andreu repoussa ses plumes et ses pinceaux. Il sut que l'œuvre était terminée. Sa tête se fit légère, comme débarrassée des visions qui l'obsédaient jusque-là. Il sourit à frère Jerome venu lui souhaiter le bonsoir et lui demanda d'inviter l'abbé et l'évêque, pour voir l'œuvre terminée, le lendemain matin. Bien sûr, il pria Jerome de se joindre à eux ! Un grand calme l'envahit alors, une paix intérieure se répandit dans son cœur. Il pria longuement pour lui, pour les siens, pour ses frères en Dieu et pour tous les êtres humains.

Il se coucha et, jetant un dernier regard au pupitre sur lequel reposaient tous les feuillets, il se dit qu'il ne restait plus qu'à les relier. Il s'endormit aussitôt. Il rêva. Il rêva d'une douce lumière qui, peu à peu, diffusa dans toute la chambre : rosée, ambrée, elle palpita doucement avant de laisser filtrer, comme une déchirure, une vive clarté blanche, aveuglante. Dans le songe, il plaça son avant-bras devant son visage pour se protéger de l'éclat insoutenable de la lueur. Et il entendit une voix, comme le tonnerre grondant dans le ciel, mais, aussi, suave et pure, comme la voix de Daniel. A demi relevé, en appui sur un coude, l'autre main en visière au-dessus de ses yeux, il distingua une silhouette dressée au-dessus du pupitre, qui rassemblait les feuillets en un gros rouleau. Dans le scintillement de la lumière, Daniel s'adressa à lui :

*- Petit frère, voici que tes jours de souffrances s'achèvent : tu as accompli l'œuvre de Dieu ! Ce livre n'est pas de ce monde. Il est destiné à être ouvert pour annoncer l'imminence de la grande bataille. Mais le temps n'est pas encore venu. Je viens te chercher pour te conduire auprès de Lui ainsi que je te l'avais promis lorsque tu n'étais qu'un petit enfant ».*

Ayant dit ces mots, Daniel s'inclina devant Andreu. Ce dernier discernait maintenant parfaitement le sublime visage de l'ange dont les quatre ailes couleur de miel et ourlées d'or se déployaient dans le dos. L'ange tendit les bras et Andreu vint s'y blottir avec ravissement.

Le lendemain matin, Frère Jerome, l'abbé et l'évêque se rendirent tôt dans l'appartement où dormait frère Andreu. Ils frappèrent à la porte sans obtenir de réponse, aussi entrèrent-ils, le cœur étreint d'angoisse. La chambre embaumait. Un parfum de roses flottait dans l'air. Andreu reposait sur sa paillasse, les mains jointes sur sa poitrine, l'air reposé, un léger sourire flottant sur ses lèvres. Sur le pupitre, près du lit, point de vélins ni de parchemins : rien d'autre qu'une grande plume couleur topaze, délicatement frangée d'or. Et sous les yeux médusés des trois religieux, elle s'évanouit lentement comme neige au soleil....

Voilà les événements extraordinaires qui reviennent, ce matin-là, à la mémoire de l'évêque Ermengol, pendant qu'il chemine vers les lieux de la construction du pont sur le Sègre. Il ne le sait pas, mais ce jour-là, un accident sur le chantier lui permettra, en quittant ce monde, de revoir Andreu !

# *LES AUTEURS*

Noémie MARTINEZ a exercé la profession d'infirmière puis de formatrice en Soins Infirmiers. Depuis qu'elle est à la retraite, elle s'ouvre à l'écriture au sein de l'atelier animé par son amie Bernadette Truno. Elle a co-écrit, avec cette dernière, le conte « Le Ravissement de frère Andreu ». A la suite de cela, encouragée par Anne de Tyssandier d'Escous, elle a écrit et publié « Les contes philosophiques du chat et autres créatures ».

Bernadette TRUNO est née à Lavelanet (Ariège), d'une mère audoise et d'un père andoran natif d'Encamp où vivent toujours ses cousins Rossell.
Docteur d'Etat ès lettres, elle a fait une carrière de professeur notamment à Pamiers. Elle est l'auteur de plusieurs ouvrages dont deux importantes biographies, l'une sur un écrivain catalan *Ludovic Massé un aristocrate du peuple* (Mare Nostrum 1996), l'autre sur deux écrivains originaires de Mirepoix, Raymond et Marie Escholier, *Un destin étonnant* (Trabucaire 2004) ainsi que *Le patrimoine hospitalier de l'Ariège* pour la Société française d'histoire des hôpitaux.

Bernadette Truno participe à divers colloques à Paris et en province sur des thèmes liés aux lettres et aux arts.
Elle anime depuis vingt années un atelier "littéraire" et participe à la défense et l'illustration de la langue française au sein de diverses associations.
Membre de l'association du centenaire de la Grande Guerre pour apporter sa petite pierre à la connaissance du premier conflit mondial, elle continue de travailler sur les correspondances de guerre des deux écrivains combattants ariègeois Raymond Escholier et Paul Voivenel.

*Les auteurs tiennent à remercier Anne de Tyssandier d'Escous. Son implication dans la publication de ce conte, et dans les corrections éclairées qu'elle leur a suggérées, fait d'elle le troisième membre responsable de la création de ce petit ouvrage.*